결국 못 하고 끝난 일

《KEKKYOKU DEKIZU JIMAI》
ⓒ Shinsuke YOSHITAKE 2013
All rights reserved.

Original Japanese edition published by KODANSHA LTD.
Korean translation rights arranged with KODANSHA LTD.
through JM Contents Agency Co.

결국 못 하고 끝난 일

요시타케 신스케 글·그림 │ 고향옥 옮김

온다

시작하며

인간은 '할 수 있는 것'과
'할 수 없는 것'으로 이뤄져 있으며
그 비율은 저마다 다릅니다.

할 수 없는 것이
너무 많아서

뭘 그려야 할지
고민되네!

이 책은
'내가 할 수 없는 것'을
테마로 그린 이야기
'결국 못 하고 끝난 것'을
정리한 것입니다.

그리고 유감스럽게도
'재미를 보장하는 것'도
'할 수 없는 것' 가운데 하나입니다.

아직도 멋지게 차려입지 못합니다

멋지게 차려입는 거, 못합니다.

아, 요 몇 년간
쭈~~~욱
똑같은 차림이군.

어딜 가나 이 차림이라,

안녕하세요.

종종 사회성을 의심 받기도 하지요.

애초에 '멋을 못 부리는' 것이 문제가 아니라
단지 '칠칠치 못할' 뿐인 건지도 모릅니다.

딱히 눈에 확 띄는 패션을
해 보고 싶은 것은 아니지만,

언젠가는
세련된 옷을
자연스럽게
소화해 보고
싶습니다.

멋스러운 사람이란 결국,
'자신에게 어울리는 옷을 고를 수 있는 사람'이라고
생각하는데,

이 '어울리다'란 개념이 옛날부터
이해가 잘 안 돼요. 이를테면 '어울리는 색'이라든가.

… 이건
내게

과연

… 어울리는
건가?

역시 그쪽의 판단 감각을 기르기 위해서는
관련 잡지를 보거나 뻔질나게 옷가게를 들락거리거나
해야겠지요.

앗!

옛날 헬리콥터 책이다!
이건 꼭 사야 돼!

별난 책이나 장난감에 돈 쓸 때가 아니란 것쯤은
이미 오래전부터 알고는 있습니다만….

아직도 멋지게 차려입지 못합니다

아직도 볼링 을 못합니다

아, 몇 번 해 본 적은 있습니다.
한 10년쯤 전에요.

우선, 발에 맞는 볼링화가 없습니다.
그래서 금 의욕 상실.

신발 사이즈
280밀리미터

와~
멋지다~.

볼링장 직원이
겨우 찾아다준 볼링화는
다른 이들 것과 디자인이 다를 때가 많았지요.

아쉬운 대로 그 볼링화를 신고
게임을 시작하지만,

이얍

난 특별히 잘하지도,
아주 못하는 것도 아니기 때문에

쾅, 카랑-

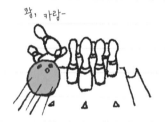

핀은 늘 어중간하게
두 개 아니면 세 개밖에
쓰러뜨리지 못합니다.

게다가 나는
이 어중간한 결과에 대해
'어떤 표정으로 돌아봐야 할지'
고민스럽습니다.

즐거운 척해야 할지, 아쉬운 척해야 할지,

. . . .

그보다…
사람들이
나를 보고 있기나
할까?

어쩌면 다들
이미 집으로 돌아가서
돌아보면 아무도
없는 건 아냐?

엄청 고민한 끝에
결국 굉장히
어정쩡한 얼굴로
돌아보게
되는데,

빙그르

푹

이런 작업을 한 게임당 스무 번쯤 하고 나면
나의 자의식은 너덜너덜해지고 말지요.

아직도 볼링 을 못합니다

아직도 유연체조 를 못합니다

나는 아무튼 몸이 뻣뻣합니다.

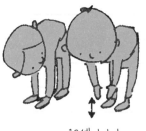

12센티미터

여기까지가 한계.
아픕니다.

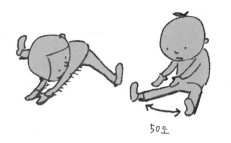

더는 안 벌어집니다.
아픕니다.

50도

몸이 뻣뻣하다고
그리 불편한 건 아니지만,

역시
유연한 편이
여러 오로 더
즐거워 보입니다.

난 몸이 꽤
유연해요.

이미 그 사실만으로도
상대가 30퍼센트 가량
더 매력적으로 보일
정도라니까요.

두근

중학교 때,
무슨 이유에선지
'유연한 몸'을 무척이나
동경한 적이
있었어요.

만약
신이 나타나,
"너에게 소원 세 가지를
들어주겠노라."라고
한다면,

한 가지는 반드시
'몸을 유연하게 해 주세요.'라고
말하기로 마음먹었지요.

이것 좀 봐!

지금 생각하면,
얼마나 우스운지 모릅니다.

신에게
부탁할 정도로
중요한 일인가?

다른 두 가지 소원도 마저 말하자면,
'초능력을 쓰는 것'
'자전거를 뒤로 타는 것'이었습니다.

아직도 유연체조 를 못합니다

아직도 깨끗이 먹지 못합니다

편식하지 않고
뭐든지 잘 먹는 편이지만,

왼손잡이

생선을 먹는 게 아주 어설프답니다.

잔가시 같은 게 무서워서
깨작깨작 누더기를 만들어놓고

← 더구나
'껍질은 안 먹는 주의'.

점점 귀찮아져서

앗, 잔가시?

먹을 게 아직
10퍼센트 가량 있는 것 같은데도….

잘 먹었습니다.

생선 님에게 늘 미안하지요.

이 깨작깨작
습관의 기원은
오래전으로
거슬러 올라가는데,

좀 더 깨끗이
발라 먹어!

아버지가 늘 주의를 주기 때문에
아버지와 함께 하는 저녁 식사에
생선구이가 나오면 우울했지요.

아드득
아드득

우리 아버지는,
시골에서 여유롭지 못하게
자란 사람이라 생선을 엄청 깨끗이
발라 먹었지요.

← 대가리와 꼬리까지
전부 먹어 버린다.

아빠 먹은 거
봐라.
어쩌냐.

....

'나처럼 대충 먹는 것도 아깝지만
등뼈만 남기고 싹 먹어치우는 것도
품위 없어 보이는데….'
하고 어린 마음에 생각했지요.

아직도 깨끗이 먹지 못합니다

한 발로 깡총깡총
뛰는 거요.

아직도 컴퓨터 관리 를 못합니다

바로 며칠 전,
갑자기 컴퓨터가 고장 났습니다.

...?   ? 어?
              어라?
                      꿈쩍도
                      안 한다.

결국, 이튿날 울며 수리점으로 가져갔지요.

대체
내가 뭘
잘못한 거죠?

잘못은요….

접수해
드릴게요.

며칠 후, 수리해서 돌아왔는데,
다음과 같은 설명을 들었습니다.

① 고장 난 이유는 모른다.
② 아마 당신은 잘못한 게 없을 거다.
③ 컴퓨터란 원래 그런 거다.

다행히 데이터는
무사했습니다.

…

수리비가
하도 비싸서
영혼 가출 상태.

그리고 마지막으로,
"데이터 백업은 자주 하도록 신경 쓰셔야 합니다."
라는 말도 들었지요.

중요한 물건은 언젠가 갑자기 고장이 납니다.
별안간 별의별 것이 다 걱정이 되었지요.

어육 소시지,
하나 더 사야지.
백업용으로.

마음에
드는 이 신발,
구멍 나기 전에
백업해 둘 수 없을까.

내가 만일 망가진다면
'나의 백업'은
뭘까….

정말로…

　내가 남겨야

　　할 것은…?

백업 중 → 드륵드륵
　　　　　드르륵

컴퓨터 때문에

　뭔가를 잃을 것 같습니다.

아직도 컴퓨터 관리 를 못합니다

아직도 헌혈 을 못합니다

이왕이면 남에게 뭐라도
도움이 되고 싶은데,

싫어!

유감스럽게도 주사를 싫어합니다.
게다가 내 피를 보는 게
끔찍이 싫습니다.

으아아아   으아아아

← 손발이 점점
차가워진다.

내 피가… 다 빠져나가.
어떡하지? 어떡해!

예전에 어머니의 수술을 앞두고
의사 선생님에게,

"만일의 경우엔
아드님이
헌혈할 수도 있으니,
그리 아세요."

라는 말을 듣고,

죽었다 ~~~~

라고 생각했을
정도입니다.

그런 내가 얼마 전에 건강검진을 받았습니다.
맞아요. 혈액검사가 있지요.

아침부터
이런 얼굴.
마음은 완전히 환자입니다.

아무리 기다려도
"끝났습니다."란 소리가 들리지 않더군요.

아마 이런 느낌이었겠지요.
안 봐서 모르지만요.

왠지
풀이 죽어 있다.

"5분쯤 누르고 계세요."
라는 말과 함께
건네받은 솜.
그걸 1시간이나
누르고 있었지요.

헌혈은 평생
못할 것 같습니다.

미안합니다.

아직도 헌혈 을 못합니다

기본적으로 사람 많은 곳을 싫어하는 나.
그중에서도 '축제'는 가장 난이도가 높습니다.

아직도 축제를 즐기지 못합니다

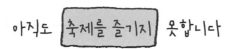

우선 노점 아저씨와
스스럼없이 대화하지 못합니다.

어서 옵쇼!

두 개
주세요!

분명 무서운
사람일 거야.

실패해도 아무렇지 않은 척할
자신이 없습니다.

짜증나~!
뭐야~!

분명 사기야.

무서!

오르는 사람들과 춤을 춘다는 건, 있을 수 없는 일입니다.

풋풋하고 앳된 커플이라도 보게 되면 정말이지,

별의별 생각이 다 나서
우울해지고

모두가 즐거워 보일수록
쓸쓸함이 더하지요.

옛날의 나처럼 축제를 '즐겨야 한다.'는
강박으로 긴장하고 있는 아이를 보면,

앗!

즐겁지 않아도
괜찮아!

너는
잘못한 게 없어!

뒤에서 꼭 안아주고 싶어집니다.

아직도 축제를 즐기지 못합니다

아직도 자발적 행동 을 못합니다

어려서부터 수줍음이 많고 소극적인 아이였습니다.

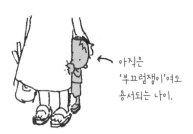

아직은
'부끄럼쟁이'여도
용서되는 나이.

선거에 출마했던
기억도 없습니다.

자,
하고 싶은
사람~

하지만 '누가 추천해준다면
할 수도 있는데….'라는
생각은 했지요.

어? 나?

어쩌지!

그때의 반응까지
생각해 뒀다.

고등학교 때 체육 시간에 유도를 해도,

← 먼저
공격하지 않는다.

이얍

풀썩

상대가 공격해오면
마지못해 쓰러뜨렸지요.
(덩치 하나는 컸으니까요.)

다시 말해,
늘 수동적인
자세였던 거지요.

치사해!

응.

내가
생각해도 그래.

연어알이랑
방어랑
붕장어 주세요!

이옙

회전 초밥집에 가도
내 앞에 지나가는
초밥만 묵묵히 먹지요.

사막 한 가운데서
언제, 어디서 날아올지 모르는
공을 기다리는
포수 같다고나 할까요.

좋아

탁
탁 "

일단
부상당하지 않도록
보호구를 단단히 차고,

내가 앉고 싶은 곳에
웅크리고 있으면

이쯤이
좋을까.

아,
있다, 있어.

머지않아 투수와 타자가 올 거라고
은근히 기대하고 있는 거지요.

끝내주게 예쁜
여자 매니저가 오면
어쩌지…?

과연… 사막의 포수에게
경기 할 날이 오기나 할까요.

이렇게 생겨먹은 내가 용케도 오늘까지
무사히 살아왔구나 싶습니다.

많은 사람이

인생의
마디마디에서

등을
밀어주고

때로는 등을
토닥여준 덕분에

여기까지
올 수 있었겠지요.

내 등에는 분명
많은 따뜻한 사랑의
손자국이 또렷이
찍혀 있을 겁니다.

아직도 자발적 행동 을 못합니다

즉흥적…,

"즉흥적인 유머"요….

아직도 식사를 천천히 못합니다

나는 아무튼 빨리 먹습니다.
원인은 세 가지.

① 한 번에 많은
   양을 입에 넣는다.

② 거의 씹지
   않는다.

③ 비교적 뜨거운 것도
   잘 먹는다.

우물
우물   꿀꺽

                    후루룩

그래서 으레 누구보다 빨리 먹지요.

유치원 때는,

다
먹었어요!

…밖에 나가
놀아도 돼.

도시락 반찬을 쌌던
알루미늄 호일
뭉친 것에

떨어진
솔잎을
꽂아

이런 걸
만들곤 했지요.

어른이 되니 정말이지 시간 때우기가
어려워지더군요.

아무 생각 없이
메뉴판을
보거나,

물을
좀
마시거나,

젓가락
봉투를
접거나,

. . .
다시
메뉴판을
보거나.

'다른 이들과 내 속도를
맞추는 것이 어른의 매너'란 건
알고 있지만,

사람마다 '가장 맛있게 먹을 수 있는 속도'란 게 있으므로,

이왕이면 '맛있게'
먹고 싶은
거지요….

후루룩후루룩

후우~ 후우~

식기 전에 먹고 싶다.

…정말이지 어른 실격입니다.

아직도 밥을 천천히 먹지 못합니다

아직도 다 같이 텔레비전을 보지 못합니다

연말의 본가. 거기서 늘
나를 골치 아프게 하는 건 텔레비전입니다.

삐잇!

아,

켜는 거야?

나는 여럿이 함께 텔레비전을 보는 게
아주 고역입니다.

다른 이들의 반응이며 코멘트가 신경 쓰여
몹시 안절부절못하지요.

가령, 가족이 화기애애한 분위기일 때
별안간 러브신이 시작되면,

모두 어색해서 안절부절못합니다.

나는 왜 그런지 어떤 프로든지 다
안절부절못합니다.

아빠,
힘내세요!

하하하

일반인 참여 프로 같은 게
특히 위험하다.

결국,
'안절부절 피로'를 견디다 못해
부엌으로 피신해서,

와하하하

식빵 같은 걸 뚫어져라 바라보며 피로를 풀지요.

참고로,
　　혼자서 멍하니 보는 텔레비전은
　　아주 좋아합니다.

멍~

누구에게도 방해받지 않고
좋아하는 걸 맘껏 생각한다.

몇 날 며칠도 볼 수 있지요.

아직도 [다 같이 텔레비전을 보지] 못합니다

아직도 무관심한 척하지 못합니다

몇 년 전, 이런 일이 있었습니다.
전철 맞은편 자리에 예쁜 여자 분이 앉았는데,

조금 지나자
안절부절못하더니

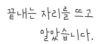

끝내는 자리를 뜨고
말았습니다.

"…왜지?"
한참 생각한 뒤에야
원인을 알게 됐습니다.

내가
빤~히
쳐다봤기 때문이지요.

아무래도 옛날부터 눈앞에 있는 걸
나도 모르게 뚫어져라 바라보는 버릇이 있는지,

빤히 ──

빤히 ──

빤히 ──

늘 상대가
먼저 눈을
피한다.

. . . .

빤히 ──

나는
아무래도
많은 사랑을

빤히 ——

....

부담스럽게 한 것
같습니다.

빤히 ——

아, 눈은 감고 있어야
어른스러운 건가…?

하지만 죽어도 고치지 못할 거라고 생각합니다.

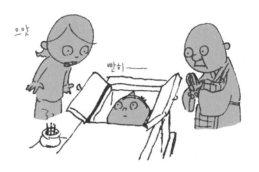

그래도 요즘은
어느 정도 가려서 쳐다보긴 하지만요.

아직도 무관심한 척하지 못합니다

아직도 얼굴과 이름을 기억하지 못합니다

워낙 기억력이 나쁜 나.

어?

어?

어디서
껐더라?

어떻게
고치더라?

가장 난처한 건 사람의 얼굴과 이름을
기억하지 못하는 것입니다.

심한 경우엔 초면인지 구면인지
그마저도 기억이 안 납니다.

완전 사회인 실격입니다.

매번 기억을 더듬거리는 상황.

이런 요정이 있다면 얼마나 좋을까, 하고 늘 생각하지요.
한 번에 200엔이라도 좋습니다.

기억하는 데는 강한 인상이 필요하기 때문에,

모두 얼굴과 이름을 좀 더 개성 있게 만들어야 한다고 생각합니다.

러브야마
하트노스케라고
합니다.

요시타케입니다!

당신이라면
문제없습니다!

아직도 얼굴과 이름을 기억하지 못합니다

당신이
'못하는 것'은
뭐죠?

'진심어린 미소'랄까요?

아직도 화장지 없이 살지 못합니다

사춘기 무렵부터
쭈~~~~욱
비염 때문에

← 새빨개진 코

화장지를
끼고 삽니다.

깜빡 잊기라도 하는 날엔
거의 죽음이지요.

쥬제여…

무인도에 딱 한 가지만 가져가라고 한다면,
두말할 것 없이 화장지를 챙길 것입니다.

야자열매로 만든
휴지통

콧물이
심해지는 계절,

내 머릿속은
콧물로 가득 찹니다.

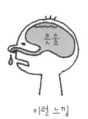

이런 느낌

맛있던 밥도

즐거웠던 추억도

미래의 꿈도

희망도

오두 콧물이 되어
나와 버립니다.

동상을
세워줘야 할
정도로

요시타케 동상

나는 화장지 업계에
공헌하고 있습니다.

아직도 화장지 없이 살지 못합니다

아직도 책상다리 를 못합니다

내 몸이 엄청 뻣뻣하다는 것은
앞에서도 말했는데,

발끝까지
12센티미터

최대
50도

그 때문에 책상다리를 하는 게
아주 고역입니다.

아,
편히 앉게!

예에…

내가 책상다리를 하면,

허리가
뻣뻣하기 때문에
중심이 뒤로 쏠려서,

벌러덩

탁

자칫 뒤로
자빠질 수도
있지요.

오히려
무릎 꿇고 앉는 게
편하지만,

발이
X자로 겹쳐지는
이상한 자세

그렇게 되면 혼자만 앉은키가 커져,

편히 앉아도 된다니까!

어쩔 수 없이, 결국은 늘 옆으로

두 다리를 오므고 앉게 됩니다.

자네…

…재미있군 그래.

잠시 후 이렇게 되어,

※ 뒤에서 보면 이런 모습

왠지 '청승맞은 여인네' 같습니다.

아직도 책상다리 를 못합니다

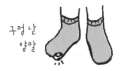
구멍 난
양말

아직도 구멍 난 양말을 버리지 못합니다

목이 늘어난 티셔츠

고무줄이
늘어난 팬티

언제까지나 버리지 못해서
늘 타박을 받지요.

이거, 이제 버릴 거야!

아아,

잠깐!

그거….

여기 아직
멀쩡하고,

한쪽은
구멍 안 났는데?

궁상맞긴!

버리지 못하는 이유, 그건 '아까워서'라기보다
'오랫동안 정이 들었기 때문'이지요.

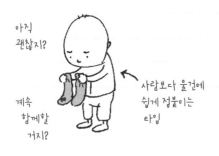

아직
괜찮지?

계속
함께할
거지?

사랑보다 물건에
쉽게 정붙이는
타입

버려!

잘 가라….

매번 정든 반려동물을 산에 버리는 만큼의
비정함이 요구됩니다.

이 신발,
이제 안 신지?

아아,
하지만!

이제껏
함께
걸어왔는데!

삶은 이별의 연속입니다.

아직도 치과에 가지 못합니다

아직 아프지는 않은데,

아무래도 어금니가
충치인 것 같습니다.

게다가
사랑니가

이렇게
나 있습니다.

치과에
가보는 게
좋을 텐데….

하지만 뭐
아직 아프지도
않고….

가면 또

아~
이것도, 이것도,
그리고 이것도 충치군요.
반년은 걸리겠는데요,
이 정도면.

그렇게, 더 많은 충치가 발견될 것 같기도 하고,

　　　　무엇보다 아픈 게 딱 질색입니다.

. . . .

…이걸
다 쓰는
거야?

당연히 빨리 치료하는 게 좋지.

　　　　알아…, 하지만….

…오늘은
아프지 않으니까
괜찮아….

이렇게 오늘도
중요한 문제 하나가 또 미뤄집니다.

'눈앞의 아픔을 두려워하면
훗날 큰 것을 오조리 잃는다'.

이제 와서
양치해봐야
이미 늦었다네.

인생의 신은 아마도 치과에 있을지
모르겠습니다.

아!

욱신
···온 건가?

오늘인가! 벌 받는 날이?

아직도 치과에 가지 못합니다

아직도 높은 '미' 음을 내지 못합니다

초등학교 시절 음악 시간.

뿌 뿌
뿌
삐익

리코더가
싫었습니다.

특히 높은 '미'.
뒤쪽 구멍을 절반만
누르는 게
잘 안 됐지요.

손가락이 굵어
섬세한 동작이 서툴다.

소심하게 반항도 해 봤습니다.

"투~~~"라고
말하면서 불어보자!

후~~~

어른에 대한 반항은 어릴 때부터
딱 이 정도 수준입니다.

당시 나는
손톱이나 빨대를
잘근잘근 씹는 버릇이
있어서,

한 학기가
끝나기도 전에

리코더가 이렇게
돼 버렸지요.

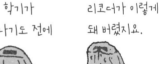

 ⇒

정확한 음이 나올 리 없지요.

누가 그걸 보면
창피하기 때문에

내내
울고 있었지요.

리코더 시간이
올 때마다

'난… 바보야.'라고
생각하면서요.

나에게 음악 수업은
'자업자득'을 배우는 시간이었습니다

아직도 높은 '미' 음을 내지 못합니다

75

아직도 신발 가게를 믿지 못합니다

발이 큰 나는
멋진 신발을 발견해도,

저어,
이거
280은….

아~
없는데요.

그 사이즈는 아예 없습니다.

신발 가게에 가면 늘 사람을
못 믿게 됩니다.

사이즈
찾아드릴게요.

거짓말!
있지도 않으면서!

혹시
괜찮다면
저와…

아~
없는데요.

구두 가게에서는 무슨 말을 해도
거부당할 것 같은 생각마저 듭니다.

한때, 구두장이가 될까도
진지하게 생각했을 정도입니다.

이것저것 공부하고,
멋진 신발을
많이 만들어,
자그마한 가게에서,

어서 오세요~.

구두
요시다

와아!
예쁘다!

저, 이거
250으로….

아~
저희 가게는
280밖에
없답니다~.

단지 이 말이 해 보고 싶을 뿐이지요.

아직도 신발 가게를 인지 못합니다

아직도 사놓은 책을 읽지 못합니다

내 유일한 취미, 그건

이거 주세요.

읽지도 않을 책을 사는 것입니다.

'계산대에 가져가서
계산하고 가방에 넣고
집에 돌아올 때까지가
가장 즐거운'
취미지요.

집에 도착하면

그래!
언젠간 꼭
읽어야지!

이렇게 됩니다.

간혹
손에 들고
앨범을 넘기듯
바라봅니다.

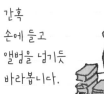

아아…,

언젠간
읽고
싶다….

영원히 좁혀지지 않는 책 내용과의 거리.

아하하하하하

기다려
기다리라고~.

그게 언제일지 모르지만,
내 인생관을 바꿔줄 책들로

방은 점점 좁아집니다.

예전에
어떤 여성이
그러더군요.

당신은 잡은
물고기에게는
먹이를 주지 않는
타입이군요.

그 말과 이게
어떤 관계가 있는 걸까요.

아직도 사놓은 책을 읽지 못합니다

아직도 가게 주인과 친해지지 못합니다

'단골 가게가 있다',
그건 어른이란 증거지요.

내 친구는 단골 가게가 몇 군데나 있어서,

안녕하세요?

어이쿠,
오랜만
이에요.

간혹 주인을 소개해주기도
하는데,

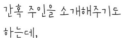

어서
오세요.

이쪽은
내 친구.

안녕하세요….

에헤헤헤,

그때의 내 얼굴은
마치

형사 양반에게는
못 당하겠구먼….

에헤헤헤

형사 드라마에 나오는
정보원같이 어색합니다.

'손님이기도 하고 친구이기도 한'
그 미묘한 거리감.
어른의 대화.

좀체 그 '거리'를 유지할 수가 없습니다.

나중에 요령을 들어봤습니다.

어떻게
항상
친해지는
거지?

어?
그냥
친해지지 않아?

아,
그렇군.

'그냥'.
진실을 들이대는 건,
언제고 아무런
조언이 되지
않습니다.

당신이
'못하는 것'은
뭐죠?

아직도 요리 를 못합니다

설거지하기 귀찮아~.

다짜고짜 핵심으로 훅 들어갑니다.

요리 잘하는 사람을 진심으로
존경합니다.

어때.

우아, 맛있어!

대단해~!

냉장고에 남은 재료로
뚝딱 만든 요리.

늘 생각하는 거지만,
요리에 필요한 건 인생의 그것과 같더군요.

① 균형 감각

· 너무 오래 볶는다.
· 조미료를 너무 많이 넣는다.
· 너무 많이 만든다.

② 재료의 개성을 살리는 감각

개성만
가지고는   안 되네.

③ 완성형의 전망

부족한 게
뭔지   오른다.

④ 향상심

맛은
없지만

아무렴 어때.

그래서 더더욱 요리할 마음이
나지 않습니다.

워 좀 먹으러 나갈까….

아직도 요리 를 못합니다

원래 집돌이입니다만.

아직도 장거리 여행 을 못합니다

가까운 곳은 자주 가지만,

 고작 반경
5킬로미터 정도

당일에 돌아올 수 없는 먼 곳에는
절대 가려고 하지 않지요.

오키나와
가고
싶어.   아~,

너무 멀어~.

해외는 꿈도 못 꿉니다.

아무래도 '내 힘으로 돌아올 수 없는 거리'라는 생각이
발목을 잡는 것 같습니다.

집에

가고 싶어….

아마도 나는 전생에
'집으로 돌아가지 못한 전서구'였을 것입니다.

인생의 거점이란 계속 바뀌는 것인데,

아,

아,

좀체 1루(집)를 떠나지
못합니다.

앗, 온 거야?

빨리
2루로 가.

견제구,

왔어?

이대로 계속 1루에서 세월을 보내는 걸까요.

2루는 이런 느낌인가?

직접 가서
보구려!

이건 이 나름으로 즐겁다고 생각해버리면
문제는 심각하지요.

아직도 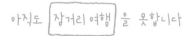 을 못합니다

아직도 긍정적 사고 를 못합니다

세상엔
슬픈 뉴스가 많습니다.

저런~.

'만약 내게 큰 슬픔이 닥친다면
나는 괜찮을까.'

슬픔

자아,
당신 차례야.

어릴 때부터 계속 생각해온 중요한 고민이랍니다.

즐거운 일도 있으련만,

내버려 두라고!

봐,
저거.

왜 그런지 언제나 슬픈 일만
눈에 들어옵니다.

평소 조금씩 슬픈 일을 생각하여
다가올 슬픔에 대비하는
'슬픔 훈련'과

'슬픔 완화 키트'를
준비해 두고 있긴 하지만,

··· 과연 도움이 될까요.

공연히 슬퍼집니다.

아직도 긍정적 사고 를 못합니다

아직도 해결하려는 노력 을 못합니다

지난 2년간, 내가 못하는 것들을
이것저것 생각해 왔습니다.

'매실
장아찌'도
못 먹네.

문제점을 분석해 보고 '할 수 있는' 방향으로
해결해 나갈 생각이었으나,

'세상을 평화롭게'도
못하고 있군.

할 수 없는 일은 늘어만 갑니다.

그 이유 중 하나는
'할 수 없는 일은 즐거운 일'이기도 하기
때문일 것입니다.

어른은
많은 걸
할 수 있죠?

아…,

그리
좋지도
않았어….

'할 수 없는 일이 있기에 할 수 있는 일이 있다.'
고도 할 수 있겠지요.

'수중에 넣으면 더는 갖고 싶지 않게 된다'.

...따분하군...

늘 따라다니는 큰 딜레마이지요.

육아도
못하고.

워….
누구한테든
한계는
있잖아.

'서로서로 할 수 없는 것을
인정하고 협력한다.'

그 덕분에 사람은 이어져 있을 수 있겠지요.

아직도 해결하려는 노력 을 못합니다

자,

당신이
'결국 못 하고 끝난 일'은
뭐죠?

끝.

요시타케 신스케

1973년 가나가와 현에서 태어났다.

《있으려나 서점》《아빠가 되었습니다만,》《게다가 뚜껑이 없어》

《좁아서 두근두근》 등의 책과, 그림책 《이게 정말 사과일까?》

《이게 정말 나일까?》《이게 정말 천국일까?》

《심심해 심심해》《이유가 있어》《벗지 말걸 그랬어》 등이 있다.

일본 MOE 그림책 대상을 여러 차례 수상했고,

볼로냐 라가치 특별상을 받았다.

고향옥 옮김

대학과 대학원에서 일본문학을 공부했고, 일본 나고야대학에서 일본어와 일본문화를 공부했다.
옮긴 책으로 《있으려나 서점》《아빠가 되었습니다만,》《이게 정말 사과일까?》
《이게 정말 천국일까?》《심심해 심심해》《그림으로 보는 찬가의 토토》외 다수가 있다.
《러브레터야, 부탁해》로 2016년 국제아동청소년도서협의회(IBBY) 어너 리스트(번역 부문)에 선정되었다.

결국 못 하고 끝난 일

1판 1쇄 발행 2018. 11. 22. | 1판 2쇄 발행 2018. 12. 20.

요시타케 신스케 글·그림 | 고향옥 옮김

발행처 김영사 | **발행인** 고세규 | **편집** 고영완 | **디자인** 김동희, 오성희
등록번호 제 406-2003-036호 | **등록일자** 1979. 5. 17.
주소 경기도 파주시 문발로 197 (우-10881)
전화 마케팅부 031-955-3100 | 편집부 031-955-3113~20 | 팩스 031-955-3111

값은 표지에 있습니다.
ISBN 978-89-349-8417-7 03830

좋은 독자가 좋은 책을 만듭니다. 김영사는 독자 여러분의 의견에 항상 귀 기울이고 있습니다.
독자의견전화 031-955-3139 | 전자우편 book@gimmyoung.com
홈페이지 www.gimmyoungjr.com | 어린이들의 책놀이터 cafe.naver.com/gimmyoungjr

이 도서의 국립중앙도서관 출판시도서목록(CIP)은 서지정보유통지원시스템
홈페이지(http://seoji.nl.go.kr)와 국가자료공동목록시스템(http://www.nl.go.kr/kolisnet)에서
이용하실 수 있습니다. (CIP제어번호 : CIP2018035127)

온다 는 앞선 감성을 담은 김영사의 새 브랜드입니다.